The Farmer's Wife

ÇİFTÇİNİN KARISI

By Idries Shah
Illustrated by Rose Mary Santiago

Yazan: İdris Şah
Resimleyen: Rose Mary Santiago

NCE UPON A TIME
there was a farmer's wife.

One day when she was picking apples from a tree, one of the apples fell into a hole in the ground and she couldn't get it out.

BIR ZAMANLAR
bir çiftçi karısı varmış.

Bir gün ağaçtan elma toplarken, elmalardan biri yerdeki bir deliğe düşmüş, kadın da elmayı oradan çıkaramamış.

She looked all around for someone to help her, and she saw a bird sitting on a nearby tree, and she said to the bird, "Bird, Bird, fly down the hole and bring back the apple for me!"

But the bird answered, "Tweet, tweet, tweet," which means "No." He was rather a naughty bird, you see.

And the farmer's wife said, "What a naughty bird!"

Kadın, birinin ona yardım etmesi için etrafına bakınırken yakınlardaki bir ağacın dalına konmuş bir kuş görmüş. Kuşa "Hey kuş! Deliğin içine uçup elmayı alıp bana getirsene!" demiş.

Ama kuş "Cik, cik, cik" diye cevap vermiş. Bu, 'hayır' demekmiş. Anlayacağınız üzere, bu kuş epey terbiyesiz bir kuşmuş.

Çiftçinin karısı da "Bu ne terbiyesiz bir kuş böyle!" demiş.

And then she saw a cat,
so she said to the cat,
"Cat, Cat, jump at the
bird until he flies down
the hole and brings
back the apple for me."

But the cat said,
"Miaow, miaow,"
which means "No."
She was rather a naughty
cat, you see.

So the farmer's wife said,
"What a naughty cat!"

Sonra, kadın bir kedi görmüş. Kediye "Hey kedi! Kuşu kovala da deliğin içine uçup elmayı alıp bana getirsin!" demiş.

Ama kedi "Miyav, miyav" demiş. Bu 'hayır' demekmiş. Anlayacağınız üzere, bu kedi epey terbiyesiz bir kediymiş.

Çiftçinin karısı da "Bu ne terbiyesiz bir kedi böyle!" demiş.

And then she saw a dog, so she said to the dog, "Dog, Dog, chase the cat until she jumps at the bird, until he flies down the hole and brings back the apple for me."

But the dog said, "Bow-wow-wow," which means "No." He was rather a naughty little dog, you see.

So the farmer's wife said, "Good gracious, what a naughty little dog!"

Daha sonra, kadın bir köpek görmüş. Köpeğe "Hey köpek! Kediyi kovala, kedi de kuşu kovalasın kuş da deliğin içine uçup elmayı alıp bana getirsin!" demiş.

Ama köpek "Hav, hav, hav" demiş. Bu 'hayır' demekmiş. Anlayacağınız üzere, bu köpek epey terbiyesiz bir köpekmiş.

Çiftçinin karısı da "Aman Allahım! Bu ne terbiyesiz bir köpek böyle!" demiş.

Then she looked around
and she saw a bee and she
said, "Bee, Bee, sting the dog
until he chases the cat, until
she jumps at the bird, until
he flies down the hole and brings
back the apple for me."

But the bee said, "Bzz-bzz," which
means "No." He was rather a
naughty bee, you see.

So the farmer's wife said,
"Good gracious! What a
naughty bee!"

Kadın, daha sonra etrafına bakınırken bir arı görmüş. Arıya, "Hey arı! Köpeği sok, köpek de kediyi kovalasın, kedi de kuşu kovalasın kuş da deliğin içine uçup elmayı alıp bana getirsin!" demiş.

Ama arı "Vızz, vızz" demiş. Bu 'hayır' demekmiş. Anlayacağınız üzere, bu arı epey terbiyesiz bir arıymış.

Çiftçinin karısı da "Aman Allahım! Bu ne terbiyesiz bir arı böyle!" demiş.

Then she looked around and she saw a beekeeper, and she said to the beekeeper, "Beekeeper, Beekeeper, tell the bee to sting the dog, until he chases the cat, until she jumps at the bird, until he flies down the hole and brings back the apple for me."

And the beekeeper said, "No, I won't." So, the farmer's wife said, "Good gracious! What a naughty beekeeper!"

Daha sonra, etrafına bakınırken bir arı yetiştiricisi görmüş. Arı yetiştiricisine, "Hey arı yetiştiricisi! Arıya söyle köpeği soksun, köpek de kediyi kovalasın, kedi de kuşu kovalasın kuş da deliğin içine uçup elmayı alıp bana getirsin!" demiş.

Ama arı yetiştiricisi "Hayır, söylemem" demiş. Çiftçinin karısı da "Aman Allahım! Bu ne terbiyesiz bir arı yetiştiricisi böyle!" demiş.

And she looked around again. This time she saw a rope on the ground.

And she said, "Rope, Rope, tie up the beekeeper until he tells the bee to sting the dog, to chase the cat, to jump at the bird, to fly down the hole and bring back the apple for me."

But the rope didn't take any notice at all. It just lay there. And the farmer's wife said, "Good gracious! What a naughty rope!"

Sonra tekrar etrafına bakınmış.
Bu kez yerde bir halat görmüş.

Halata, "Hey halat! Arı yetiştiricisinin elini kolunu bağla
da arıya köpeği sokmasını söylesin, köpek de kediyi
kovalasın, kedi de kuşu kovalasın kuş da deliğin içine
uçup elmayı alıp bana getirsin!" demiş.

Halat hiçbir tepki vermeden yerde durmaya devam etmiş. Çiftçinin
karısı da "Aman Allahım! Bu ne terbiyesiz bir halat böyle!" demiş.

And then she looked around and she saw a fire.

And she said, "Fire, Fire, burn the rope until it ties up the beekeeper, until the beekeeper tells the bee to sting the dog, to chase the cat, to jump at the bird, to fly down the hole and bring back the apple for me."

But the fire said nothing at all. It just didn't take any notice. It wasn't going to burn the rope.

"Good gracious!" said the farmer's wife. "What a naughty fire!"

Sonra kadın, etrafına bakınmış ve bir ateş görmüş.

Ateşe, "Hey ateş! Halatı yak da arı yetiştiricisinin elini kolunu bağlasın. Arı yetiştiricisi de arıya köpeği sokmasını söylesin, köpek de kediyi kovalasın, kedi de kuşu kovalasın kuş da deliğin içine uçup elmayı alıp bana getirsin!" demiş.

Ateş cevap vermemiş. Hatta hiç oralı bile olmamış. Belli ki halatı yakmayacakmış.

"Aman Allahım!" demiş çiftçinin karısı.
"Bu ne terbiyesiz bir ateş böyle!"

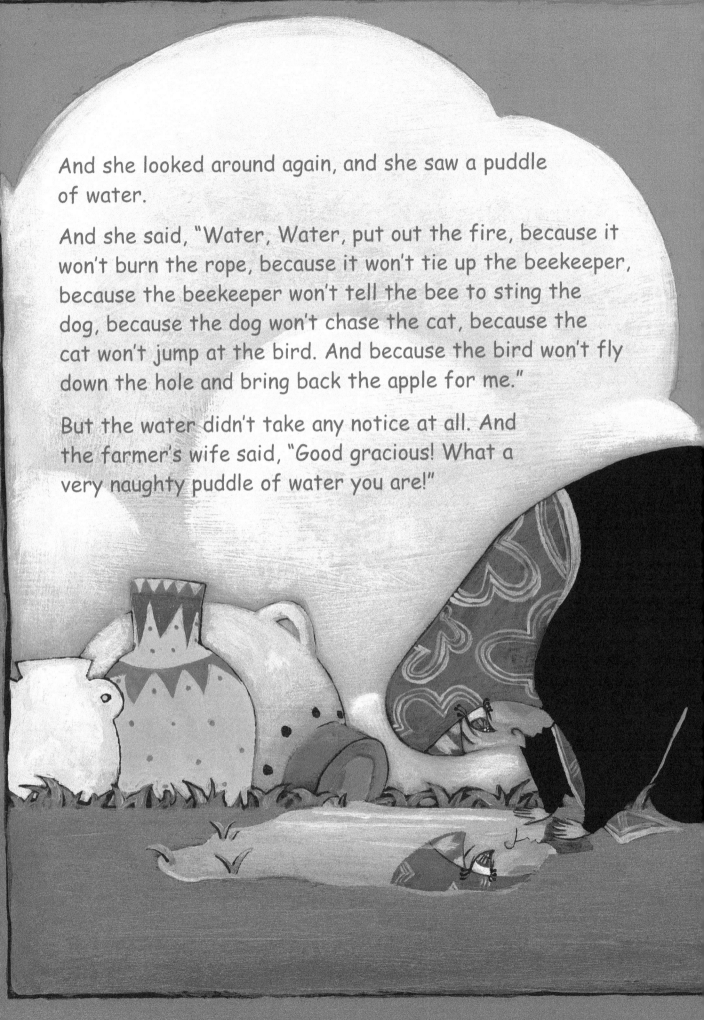

And she looked around again, and she saw a puddle of water.

And she said, "Water, Water, put out the fire, because it won't burn the rope, because it won't tie up the beekeeper, because the beekeeper won't tell the bee to sting the dog, because the dog won't chase the cat, because the cat won't jump at the bird. And because the bird won't fly down the hole and bring back the apple for me."

But the water didn't take any notice at all. And the farmer's wife said, "Good gracious! What a very naughty puddle of water you are!"

Tekrar etrafına bakındığında, kadın bu kez bir su birikintisi görmüş.

Su birikintisine, "Hey su! Şu ateşi söndürsene, ne de olsa halatı yakmayacak, halat da arı yetiştiricisinin elini kolunu bağlamayacak, arı yetiştiricisi de arıya köpeği sokmasını söylemeyecek, köpek de kediyi kovalamayacak, kedi de kuşu kovalamayacak kuş da deliğin içine uçup elmayı alıp bana getirmeyecek!" demiş.

Sudan hiçbir cevap gelmemiş. Çiftçinin karısı da "Aman Allahım! Sen ne terbiyesiz bir su birikintisisin böyle!" demiş.

And then the farmer's wife
looked around and she saw a cow.

Daha sonra çiftçinin karısı etrafına bakınmış ve bir inek görmüş.

And she said to the cow,
"Cow, Cow, drink up the water,
because it won't put out the fire,
because the fire won't burn the rope,
because the rope won't tie up the beekeeper,
because the beekeeper won't tell the bee to sting
the dog, to chase the cat, to jump at the bird, to
fly down the hole and bring back the
apple for me."

But the cow
only said, "Moo,
moo," which
means "No."

And the farmer's wife said,
"What a naughty cow!"

İneğe, "Hey inek! Şu suyu içsene, ne de olsa ateşi söndürmeyecek, ateş de ne de olsa halatı yakmayacak, halat da arı yetiştiricisinin elini kolunu bağlamayacak, arı yetiştiricisi de arıya köpeği sokmasını söylemeyecek, köpek de kediyi kovalamayacak, kedi de kuşu kovalamayacak kuş da deliğin içine uçup elmayı alıp bana getirmeyecek!" demiş.

Ama inek yalnızca "Möö, möö" demiş. Bu hayır demekmiş.

Çiftçinin karısı da "Ne terbiyesiz bir inek bu böyle!" demiş.

And then the farmer's wife looked around once more and she saw the bird again.

So she said to the bird, "I want you just to peck that cow a little."

So the bird said, "All right, I don't mind pecking that cow. As long as you don't expect me to fly down the hole and bring back the apple for you."

The farmer's wife said, "You just peck the cow."

So, the bird, who was a bit naughty, pecked the cow.

Daha sonra, çiftçinin karısı tekrar etrafına bakınmış ve en başta gördüğü kuşu tekrar görmüş.

Kuşa, "Şu ineği biraz gagalar mısın?" diye sormuş.

Kuş da "Tamam ineği gagalarım. Ama deliğin içine uçup elmayı alıp sana getirmemi isteme benden" demiş.

Çiftçinin karısı "İneği gagalasan yeter" demiş.

Böylece, epey terbiyesiz olan bu kuş, gidip ineği gagalamış.

And the cow started to drink up the water, and the water started to put out the fire, and the fire started to burn the rope, and the rope started to tie up the beekeeper,

Böylece inek suyu içmeye başlamış, su da ateşi söndürmeye başlamış, ateş de halatı yakmaya başlamış, halat da arı yetiştiricisinin elini kolunu bağlamaya başlamış,

and the beekeeper started to tell the bee, and the bee started to sting the dog, and the dog started to chase the cat, and the cat started to jump at that very same bird that had pecked the cow.

arı yetiştiricisi de arıyla konuşmaya başlamış, arı da köpeği sokmaya başlamış, köpek de kediyi kovalamaya başlamış, kedi de gidip en başta ineği gagalayan kuşun üzerine atlamış.

And then the wind flew down the hole and brought back the apple for the farmer's wife.

En sonunda, çıkan rüzgâr deliğin içine doğru esmiş ve çiftçinin karısı için elmayı delikten çıkarmış.

And everyone
lived happily
ever after.

Ve herkes sonsuza kadar mutlu
mesut yaşamış.

HOOPOE®

www.hoopoebooks.com

Also by Idries Shah for young readers:

İdris Şah'in genç okurlara hitap eden diğer eserleri:

The Silly Chicken / *Budala Tavuk*

The Lion Who Saw Himself in the Water /
Kendini Suda Gören Aslan

Neem the Half-Boy / *Yarım Oğlan Nini*

The Clever Boy and the Terrible, Dangerous Animal /
Zeki Oğlan ile Korkunç ve Tehlikeli Hayvan

Fatima the Spinner and the Tent / *İplikçi Fatma ve Çadır*

For the complete works of Idries Shah, visit:

İdris Şah'ın tüm eserleri için:

www.Idriesshahfoundation.org

English Hardback Edition 1998, 2000, 2007, 2015
English Paperback Edition 2003, 2005, 2007, 2015
This English-Turkish Bilingual Paperback Edition 2022

www.hoopoebooks.com

Published by Hoopoe Books,
a division of The Institute for the Study of Human Knowledge

Visit hoopoebooks.com for a complete list of Hoopoe titles and free downloadable resources
for parents and teachers.

ISBN: 978-1-958289-00-6

The Library of Congress has catalogued a previous English language only edition as follows:

Shah, Idries, 1924-
        The farmer's wife / by Idries Shah; illustrated by Rose Mary Santiago.
             p.   cm.
        Summary: A cumulative tale of a farmer's wife who is trying to retrieve an
apple from a hole in the ground.
             ISBN 1-883536-07-3
             [1. Folklore.]   I. Santiago, Rose Mary, ill.   II. Title.
PZ8.1.S47Far 1997
398.2
[E]—DC21   96-49291
                                                              CIP
                                                               AC

CPSIA information can be obtained
at www.ICGtesting.com
Printed in the USA
LVHW071637120423
744162LV00009B/251

9 781958 289006